Willy et Max

Une histoire de l'Holocauste

Amy Littlesugar

Illustrations de William Low

Texte français de Martine Faubert

Éditions SCHOLASTIC

Édition publiée par les Éditions Scholastic,
604, rue King Ouest, Toronto (Ontario) M5V 1E1

5 4 3 2 1   Imprimé au Canada 119   10 11 12 13 14

Conception graphique : Gina DiMassi.
Le texte a été composé avec la police de caractères Caslon Antique.
Les illustrations de ce livre ont été réalisées avec des techniques mixtes.

Catalogage avant publication de Bibliothèque et Archives Canada

Littlesugar, Amy
Willy et Max / Amy Littlesugar ; illustrations de William Low ;
texte français de Martine Faubert.

Traduction de: Willy & Max.

ISBN 978-0-545-98234-4

1. Juifs--Belgique--Histoire--20e siècle--Romans, nouvelles, etc. pour la
jeunesse. 2. Holocauste, 1939-1945--Belgique--Romans, nouvelles, etc.
pour la jeunesse. I. Low, William II. Faubert, Martine III. Titre.

PZ23.L583Wi 2009   j813'.54   C2009-901519-6

Mille mercis à Christian et à Derek.
— W. L.

Il y a longtemps, dans la ville d'Anvers, mon grand-papa Will n'était qu'un petit garçon, et ses parents possédaient une boutique d'antiquités dans une maison haute et étroite de la rue des Douze-Mois. Elle était toujours pleine d'objets insolites, et on ne savait jamais quelle trouvaille on allait faire : la couronne d'une momie, la jambe de bois d'un pirate ou un dragon cracheur de feu de la Chine ancienne!

Un jour, le père de Will a installé dans sa vitrine un tableau au cadre doré. On l'appelait La Dame, et elle était si belle que, quand on lui souriait, elle souriait en retour!

— Certains objets sont aussi précieux que des amis, disait le père de Will à son fils chaque fois qu'ils s'arrêtaient pour contempler le sourire énigmatique de La Dame,

Sauf que Willy, mon grand-papa qui était très timide, rêvait d'avoir un ami, un vrai. Quelqu'un avec qui il pourrait jouer au parc, à la grande fontaine de pierre.

Un soir, un homme et un petit garçon entrent
dans la boutique. L'homme s'appelle le professeur Salomon
et il a remarqué La Dame dans la vitrine.

— Elle m'a souri, dit-il au père de Willy.

— Alors elle est à vous, lui répond-il. Je vais
vous l'emballer.

Pendant ce temps Willy se retrouve seul avec le petit garçon.

— Comment t'appelles-tu? demande le garçon.

Willy répond d'une petite voix :

— Willy. Et toi?

— Max, dit le garçon.

— Où habites-tu? demande Willy, surmontant sa timidité.

— Près de la Pelikaanstrasse, répond Max, les mains sur
les hanches et le menton bien haut. Dans le quartier juif.

Le quartier juif! Soudain, Willy se rappelle ce que son père
lui a dit. Dans un pays lointain, une guerre a éclaté, comme
un orage en été. De méchants soldats ont envahi les rues habitées
par les Juifs. Des Juifs comme Max.

Willy observe Max. Ses yeux sont d'un bleu lumineux. Il lui manque une dent de devant, tout comme Willy.

— Regarde ce que je sais faire, dit Max, et il se met à siffler.

Willy aimerait tant savoir siffler aussi bien!

— Aimes-tu... Aimes-tu jouer à cache-cache? demande Willy, incertain.

— Bien sûr! répond Max en souriant.

— Alors viens par ici! dit Willy en sautant de joie.

Ils descendent dans une cave aussi vaste qu'une caverne. Le père de Willy y entrepose ses plus grosses pièces d'antiquités, celles qui sont trop lourdes et qu'il faut déplacer au moyen de chaînes et de câbles.

— Oh! dit Max en écarquillant les yeux, émerveillé.

Mais Willly n'est plus impressionné par l'orgue ni par les vieilles armures.

— À toi de compter, lance-t-il à Max.

— 1, 2, 3, 4, 5, compte Max.

Willy court vite vers sa cachette préférée : un ange de bronze aux ailes repliées. Il se glisse au creux des ailes et se fait tout petit.

— Je vais te trouver! lui crie Max.

À tour de rôle, ils courent, ils cherchent et ils rient, surtout quand Max tente de se glisser dans une armure toute poussiéreuse. Willy aime bien Max et il est déçu lorsque le professeur Salomon appelle Max pour lui dire que c'est l'heure de rentrer.

— Retrouvons-nous au parc, propose Max. Demain, à la grande fontaine de pierre!

Les yeux de Willy pétillent. Le parc! Il a tellement hâte!

Le lendemain, Max est là, comme promis.

— Regarde ce que j'ai apporté, lance-t-il. Deux boîtes d'allumettes
et deux baguettes. Il ne manque que le papier pour les voiles, et nous
aurons deux petits bateaux.

Willy adore fabriquer des petits bateaux. Il faut un journal,
c'est parfait pour faire les voiles! Il en trouve un que
quelqu'un a laissé là. Il lit :

L'ARMÉE ALLEMANDE ENVAHIT
LA NORVÈGE!

Willy se fige. La guerre du pays lointain
semble être tout près maintenant! Bientôt,
les soldats vont sans doute envahir Anvers
et le quartier juif où habite Max. Willy
s'empresse d'arracher la page du
journal et la jette.

— Tiens, Max, dit-il. J'ai
trouvé de quoi faire nos voiles!

Tout le reste de l'après-midi,
Willy et Max se changent en
pirates des mers lointaines.
La chaleur du soleil est
douce et caressante.

Les semaines passent. Si la guerre arrive, Willy et Max
n'en parlent jamais. Ils sont toujours ensemble maintenant.
   Un jour, Max apporte un appareil photo au parc. Il demande
à un agent de police de les prendre en photo.
   — Ainsi nous serons amis pour toujours,
dit Max en posant son bras
sur les épaules de Willy.

Willy sait que c'est vrai car, un beau vendredi soir, Max l'invite chez lui pour le souper du sabbat, *erev Shabbos*.

Willy adore l'odeur du savon et des planchers fraîchement cirés qui flotte dans l'air. Il aime aussi la lumière vacillante des chandeliers en argent.

— Tu fais partie de la famille, Willy, lui dit affectueusement le professeur Salomon.

Après le souper, il raconte aux garçons l'histoire d'Abraham, de Daniel et d'Esther. La Dame, posée sur un chevalet de bois de rose, leur sourit.

Personne ne dit mot de la guerre.

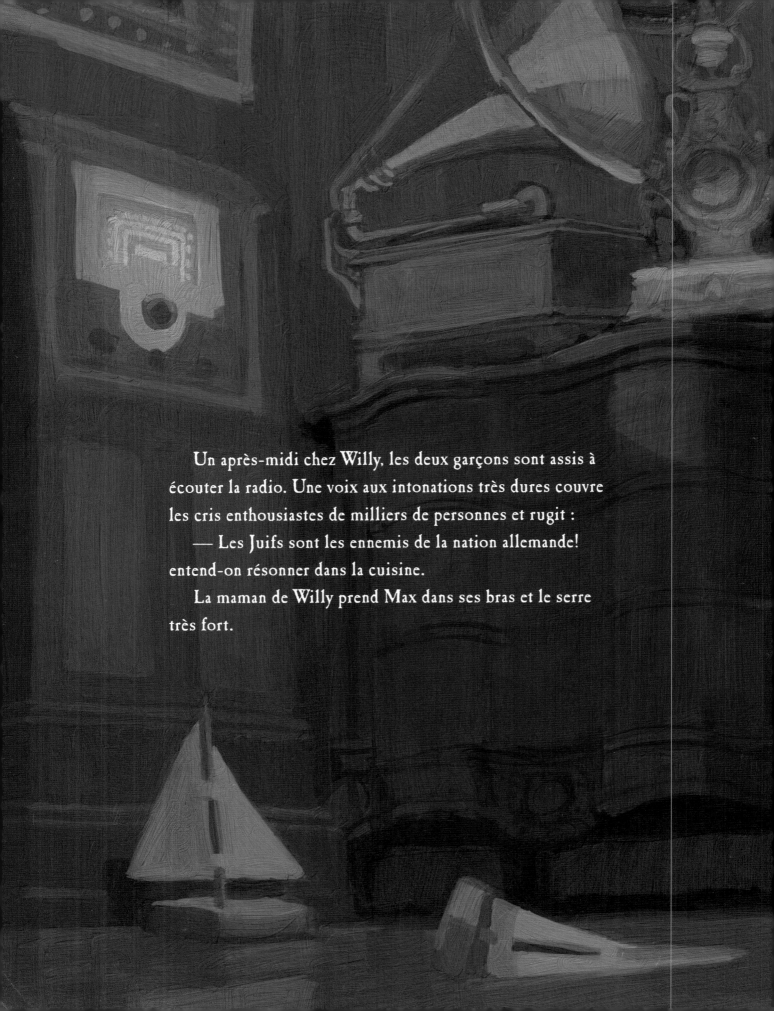

Un après-midi chez Willy, les deux garçons sont assis à
écouter la radio. Une voix aux intonations très dures couvre
les cris enthousiastes de milliers de personnes et rugit :
— Les Juifs sont les ennemis de la nation allemande!
entend-on résonner dans la cuisine.

La maman de Willy prend Max dans ses bras et le serre
très fort.

Ils savent que dorénavant le danger est imminent.

Au bout de quelques jours, la guerre gagne la Belgique. Les chars d'assaut allemands sillonnent bruyamment les rues pavées d'Anvers, et les soldats coiffés de leurs casques gris marchent au pas dans la Pelikaanstrasse, le quartier des Juifs.

Ils frappent à grands coups à la porte du professeur Salomon.

— Vous n'êtes plus un citoyen belge! lance un officier au professeur Salomon. Dorénavant, cette maison est à nous!

Il ordonne à ses hommes de défoncer toutes les portes verrouillées et de fouiller la maison de la cave au grenier. Ils trouvent de l'argent et des bijoux. Un soldat s'empare même d'une bague sertie d'une perle : le seul souvenir que Max garde de sa mère! Un autre trouve les chandeliers en argent et les glisse dans son manteau!

Puis l'officier aperçoit La Dame. Elle lui sourit.

D'une voix glaciale, il avertit le professeur Salomon.

— Nous reviendrons la chercher.

Le lendemain, Max raconte tout à Willy.

— Papa dit que nous devons quitter Anvers, annonce-t-il tristement.
Ils vont s'asseoir au parc. Max porte une étoile jaune sur la manche
de son veston.

Willy s'ennuie déjà de lui.

Au milieu de la nuit, chez Willy et ses parents, quelqu'un frappe à la porte. Ils se réveillent et vont ouvrir. Il s'agit du professeur Salomon et de Max.

— Nous partons, dit doucement le professeur Salomon au père de Willy.

Puis il lui remet quelque chose enroulé dans du papier brun et ajoute :

— C'est La Dame. Pourriez-vous la garder pour moi jusqu'à ce que la guerre soit terminée?

Le père de Willy hoche la tête. Willy n'a pas le courage de regarder Max. Il ne le reverra probablement jamais. Jamais! Et maintenant il part. Willy voudrait dire quelque chose. Mais Max parle en premier.

— Amis pour toujours?

— Pour toujours, lui répond Willy dans un murmure.

Lorsqu'ils sont partis, le père de Willy regarde la rue obscure. Personne ne semble avoir vu le professeur Salomon et Max, mais il ne peut en être sûr.

— Nous ferions mieux de cacher La Dame, s'inquiète-t-il. Mieux vaut être prudents.

Tout à coup, Willy se rappelle qu'un jour son père lui a dit : « Certains objets sont aussi précieux que des amis! »

Tenant la peinture enroulée dans ses bras, Willy s'exclame :

— Laisse-moi la cacher, papa, je connais une bonne cachette.

Alors Willy la porte avec soin jusque dans la cave et place La Dame dans le creux secret, entre les ailes repliées de l'ange en bronze.

Quelques jours plus tard, des soldats se présentent chez Willy.
— Ouvrez! crient-ils en frappant à grands coups à la porte.
Un officier nazi bouscule le père de Willy au passage et jette un
coup d'œil à Willy. Celui-ci frissonne. La voix de l'officier est glaciale.
— On vous a vus en train de parler avec des Juifs! dit-il, très agressif,
au père de Willy. Vous cachez sans doute des choses pour eux.
Willy serre la main de sa mère.
— Non, répond son père.
— C'est ce qu'on va voir! dit l'officier
d'un ton cassant.

Les soldats fouillent la maison de Willy dans les moindres recoins. Sa chambre, en haut, et aussi la cuisine. Willy les entend ouvrir les tiroirs et fouiller dans les casseroles. Il voit les soldats examiner tous les documents se trouvant sur la table de travail de son père.

— Où mène cette porte? demande un soldat.

— À la cave, répond prudemment le père de Willy.

Les voilà qui descendent dans la cave aussi vaste qu'une caverne. Ils passent devant le vieil orgue et les armures tout empoussiérées. Ils passent devant l'ange de bronze aux ailes repliées. Le cœur de Willy se met à battre plus fort.

— Il n'y a rien ici! dit le soldat avec impatience.

Willy peut enfin respirer : La Dame est sauvée!

Mais au moment de partir, le soldat se retourne vers l'ange de bronze.

— Je crois que je vais prendre ceci, dit-il au père de Willy.

Willy voit son père serrer ses mains nerveusement dans son dos. Mais celui-ci répond calmement :

— Il n'est pas à vendre.

Le soldat sourit et réplique :

— Ah non? Dans ce cas, je vais simplement l'emporter.

Impuissant, Willy regarde les chaînes et les câbles emmener son ange et La Dame cachée à l'intérieur.

« Oh, Max! » s'écrie Willy intérieurement, le cœur brisé.

Mais il ne peut rien y faire, absolument rien.

Plus de soixante ans passent. Willy grandit et déménage aux
États-Unis. Il est maintenant devenu mon grand-papa Will qui a tant
d'histoires à raconter. Mais celles de la guerre, il les garde pour lui,
jusqu'au jour où...

un monsieur d'un grand musée de la ville l'appelle. Un objet
qui lui appartiendrait a été trouvé. On lui demande s'il pourrait
venir confirmer si c'est bien le cas.

La conservatrice du musée, toute souriante, accueille mon grand-papa Will.

— Voilà! dit-elle en montrant du doigt une toile.

Mais grand-papa Will avait déjà reconnu la magnifique peinture de La Dame!

— Elle a été retrouvée après la guerre, dans les décombres d'une ville allemande bombardée, explique la conservatrice. Elle était cachée à l'intérieur de l'aile brisée d'un ange de bronze.

Puis elle montre à grand-papa Will une photographie jaunie par le temps, qui avait été collée au dos de la toile.

— Nous avons tenté de retrouver l'autre garçon, mais en vain. Nous avons eu plus de chance avec vous.

Grand-papa Will sourit au souvenir des deux garçons qu'il voit sur la photo, bras dessus, bras dessous.

— Willy et Max, dit-il. Amis pour toujours.

Ce jour-là, grand-papa Will a rapporté La Dame à la maison. Le tableau est accroché dans sa chambre. Mais grand-papa Will n'est pas tout à fait heureux. Tous les soirs, il s'assoit dans sa chaise berçante et il réfléchit.

Finalement, il demande à la conservatrice du musée de vraiment faire tout ce qu'elle peut pour retrouver Max.

Il lui a fallu beaucoup, beaucoup de temps, mais elle y est enfin parvenue.

— Max est mort l'an dernier, a-t-elle annoncé tristement à grand-papa Will. Mais sa famille vit dans le New Jersey.

Nous nous y sommes donc rendus, toute la famille, par un beau vendredi soir.

Un homme aux yeux bleus lumineux nous a accueillis chez lui. Il a dit qu'il était le fils de Max.

— Entrez donc! nous a-t-il dit d'un ton joyeux. Vous faites partie de la famille!

Il y a eu des poignées de mains, des étreintes et des larmes, beaucoup de larmes!

— Ceci vous appartient, a dit grand-papa Will en lui tendant avec précaution le tableau de La Dame.

— Mon père m'en a parlé si souvent! dit l'homme, en la fixant inlassablement. Et il m'a beaucoup parlé de vous aussi, Will.

Ce soir-là, nous sommes restés pour *erev Shabbos*. La lumière
des chandeliers d'argent vacillait. On a servi du vin, même à moi.
Grand-papa Will a levé son verre à la santé de tous. Il a souri à La
Dame, et elle lui a souri en retour.

— Certains objets sont aussi précieux que des amis, a-t-il
dit d'une voix douce.

Il a regardé la famille de Max, assise tout
autour de la table, et a ajouté :

— Enfin, presque.

NOTE DE L'AUTEURE

« *Celui qui le trouve le garde.* » *C'est ce que certains pensent lorsqu'ils trouvent quelque chose qui ne leur appartient pas. Cela en soi est malhonnête. Durant les sombres années de la Deuxième Guerre mondiale, les nazis n'ont pas simplement trouvé, mais plutôt volé, des centaines de milliers d'œuvres d'art partout en Europe. Un grand nombre de ces trésors appartenaient à des Juifs, les principales victimes de la haine raciale des nazis.*

Après la guerre, bon nombre de ces œuvres ont été récupérées et remises à leurs vrais propriétaires, quand on pouvait les retrouver, comme le tableau de La Dame qui retourne dans la famille de Max. Toutefois, la plupart du temps, il n'y avait ni photos ni notes au dos des tableaux ou des sculptures, qui auraient pu indiquer aux musées à qui appartenaient ces œuvres. De riches marchands d'art et des services de vente aux enchères les ont donc gardées, même s'ils connaissaient la triste histoire qui s'y rattachait et même s'ils savaient qu'il y avait probablement une croix gammée estampillée sur les cadres.

Aujourd'hui, la Commission pour la restitution des œuvres d'art travaille fort pour que les pièces volées aux Juifs soient rendues à leurs propriétaires. Ainsi, les héritages familiaux, comme le tableau de La Dame, peuvent redevenir autre chose que de simples souvenirs.